U0054592

搖籃曲和雨的包裹

陳威宏——著

推薦序

以詩溫柔明媚的執著

廖亮羽（詩人．風球詩社社長）

讀威宏的詩，讓人徜徉在溫柔明媚的執著中。溫柔，如同跟著他在「早安，世界」裡，踩進水窪仍然對星期天的感謝，跟著他「螢夜行」，即使走在狹小骯髒的巷弄，也能善良芬芳。

明媚如同跟著詩人見證「香檳黃」，那陽光之下，不只是威宏的黃花風鈴木，還是天際線讀不盡的快樂，詩人贊頌陽光，海，噴泉，端出一幅幅明媚的內心風景。

而執著是詩人對寫詩的信仰，我們跟著威宏進入〈夜間報告〉裡，放下災厄，得以看見有人寫回音寫山谷。在〈理想的旅行〉裡，甚至靈魂其實也是不斷以複述來書寫，沿途的見聞，如同詩篇擴張的版圖。

在〈我相信徒勞的紙張〉裡，以詩句寫進肌膚、軀體、日子、以及時間的長河裡，寫作並喜悅著，那是詩人最虔誠且堅定的信仰。

推薦序

有詩的靈魂始自於溫柔

德尉（詩人）

不認識威宏。

但約莫覺得，是個浪漫的人。

臉書上的照片模樣是，分享的生活角落亦是，其詩文字更是。只是威宏的浪漫，不似他人的不羈與騰湧，他有一種端正規矩，不起風波的靜謐─像座人工湖，雖有如鏡的翠綠與幽閉，但也有著開放式的通道不拒往來，更自帶調節資源的責任與意義，不只碧瀲美麗，還有些正面的積極。

與其說這像一個教師創作出來的詩，倒不如說這些詩作，合貼於一位溫柔的老師─那會不會是最初孔子，想像「詩言志」的樣子呢？

關於威宏的浪漫抒情，我便不多說，以免剝奪讀者賞評之樂。但就形式，我倒想提供一點觀察：威宏詩多分段，而每段皆約用三至五句，這樣一組一截，形成這座湖泊節約用度的一種抒放節奏，你大可以安全徜游在他無礙無波的寧靜水面，於段式之間穩妥完成閱讀的享受。亦如威宏詩自敘「人生盲目生長／蜷曲手臂，時間流啊，此刻寫作／我能隱藏在有神的喜悅裡」，於此善與美的節拍中，「我相信徒勞的紙張」，也相信，有人是為微笑而存在，有詩的靈魂始自於溫柔。

推薦序

詩的生活，用詩與生活認真對待每一刻

趙文豪（詩人）

在詩人的視界裡，他的凝視往往自成一個世界。在威宏的詩中，常見到的是那份溫柔與執著，真誠而內斂。在《搖籃曲和雨的包裹》裡，更看見繽紛的色彩，以及經由陶冶後所閃現的慧光。詩集共分為七輯，各具十篇左右作品，可自成風景，也能上下對話，相映成趣。像是一條在詩的路上，「又給彼此隱喻世界的機會」（〈微悟〉），又像日子間排隊的點點滴滴，「如果海的隱藏與前進是用／同一組名字」（〈讀雜有感〉），自盛著過往建構的詩宇宙，將抒情凝結於《夢遊幻境》，徜徉在《我愛憂美的睡眠》，每一句詩句裡，關照著每個生活的細節與物件，在每個如詩般——陽光燦爛的日子。

推薦序詩

虔誠

劉曉頤（詩人、中華民國新詩學會理事）

金，祈禱的顏色——
如果你能道出這個奧祕，必然你已
稍明白了時間與詩的關聯

你嗅到它駁落時
旋轉著兩千個詞牌混合的香氣——

孩子，你敏於各種感官
總能最先感受那些溫暖的，靈性的，闇啞
但醇厚的，如你愛過那離開的人

漬留在門扉上
秋天與酒的顏色與氣味

你註定是最敏慧的祝禱者
祈禱如香氤氳上騰
形構了靈魂炊煙，又被神以駁落的方式
撒下金箔片落在

每個你念得出名字的人眉心。
時間如固體的蜜水
從你傷口中映出，前一刻你慎重的動作：

栽下雪的種子——

你將是最深情的豎琴巫師
彈奏仿舊式雪花，顫顫音
取代他們餘生的顛簸——

時代入睡了，綿綿的雪落在你夢中
雖然總是有人失眠，有人持刀
卻只是愣著。你輕柔地吹熄最後一根蠟燭
回憶母親的安眠曲

溫習你快不記得的節拍
繞成刀尖上，腳踝的一圈旋轉——

整個入睡的時代，穿著泛黃的
舊蕾絲寬袍，睡衣將會換新嗎，月亮會嗎
抑或有補丁更美？

至少此時是安謐的。夜打個噴嚏
你鼻子沾上月光的奶泡，拭一抹淺嘗
你笑了。

註：本詩致總是虔誠於詩的威宏。

自序

暮陽下不罷休的我

那不是梵谷的鳶尾花，卻仍於池塘邊群聚成畫，靛紫得如夢似幻。它們忘卻凡間的嘈雜種種，歷史博物館施工的塵灰就在不遠處恣意飛揚。行步匆匆的建中男孩們，隨興的歡快笑語，如同那些稀落的初生小草，穿插在暮陽之間，不在乎光陰是否徒然擦過彼此傾斜的肩膀。

不用再過多久，綠挺挺的荷葉要擴張他們的勢力。脫俗的荷花也將再次掠奪世俗的相機之眼。松鼠越來越膽大，時不時窩在腳邊等著人餵食；反倒是我們，驚恐大自然的驟然親暱。

然後，漸漸地習慣了季節更迭，我們啃咬它，咀嚼它逐漸乾涸的歷史。關於不可拆封的白色孤獨，我想知道：當我仍是年輕的水澤，有多少次，你曾為我，走進泠泠不絕的雨聲中？

一個個從身邊離去的人們，我無法得知他們的靈魂是否安好？此刻，無能為力的我，還能獻上由衷的祝福。人世泥濁如此，璀璨有時，凋零有時。即使相信我們最終是有罪的，在這個短暫的的魔幻時刻，我們還是不願醒來。

白布鞋上的污泥，鬆開的鞋帶，垂下的襪子高度，也許有一點點蛛絲馬跡，可使我停下？可是我仍繼續前行。傲然漠視的姿態，使我也懷疑：重啟這扇門，以及後來發生的一切是否值得？

一生極愛梵谷，來世我還在這個星球嗎？那麼還能與他的畫作相遇。梵谷在信裡寫到：「我擁有自然，藝術和詩歌，我還有什麼不滿足呢？」有的，有的，我都寫在這裡了。取不盡的貪婪與良善皆是我們的成長動力，此生短瞬即逝，我怎麼可能輕言罷休？

二〇二二年五月二日

目次

輯七　與時光為敵

輯一

猶豫的鐘聲排隊

我來自雨的躊躇

多想你，不去顧忌
纖細的一天
我來自雨的躊躇也是
微濃的錯誤
在山中還未散盡

我願偷偷學會
抽菸，懂得容納進世界
還在夢之外
允諾不斷飄盪的自己

用一瘀胸膛建一面牆
讓恥辱的身體
成為墜落前最靠近夕陽的
紅色小屋

歷盡艱辛之後
且看那炊煙冉冉升起——

二〇二〇年八月六日

春天仍然是那一隻兔子

春天仍然是那一隻兔子
在我微冷的記憶中
小手小腳，各自孤獨的白耳朵
左著右著不曾倦怠的直挺

但你幾乎是雨，脆弱的身體透明
一次次在我的白日夢
猛烈落下。我需要的
不過一只溢出祕密的瓶子

接住記憶出錯的春天
我怕它一直在，也怕它再也不來

呵護晨霧殘留像潦草的字
逐漸透出。草葉間，執著的愛——

我不斷思想它，確認
誰能夠給春天一片柔軟的地？

二〇一九年十月十九日

我的心揣著一顆橡實

我的心揣著一顆橡實
曾給暖陽曝曬過
不去想，原來是那昨天
你揮霍青春的味道

冷沒錯，可幸福的錯覺
我還剩下一些
打開了窗，隨三十幾歲的悔悟
擺盪它淺薄的影子與靈敏

我柔軟的心也潮濕
懸掛一條滴著猶豫的毛巾被

你在花園之外嗎？等我
如同山毛櫸都毀滅了還期待春天

我穿好鞋就去
踏過苔蘚綠小橋前往
奇蹟，那寂寞擁擠的演奏音樂會

不去奢求理智
你就坐在我心上的石頭
彈起結他
真誠的問候都給我
使我雙足結實
也在理想的晨霧裡起舞

我不再憂愁
只消美：

軀體，讓這一頁的畫冊顯色
有你的夢境就再次遼闊
悲傷滿溢了花香

二〇二〇年一月十七日

結束戲仿的日子

我們的夢是錯誤之夢，
我們的力量是錯誤之力量……
受傷的我們橫越空洞的沙漠，
必會錯過使我們圓滿之物。
——澳洲詩人朱蒂斯・萊特

詩人深陷一場思索
饗宴的荒原，餓，春天星空獅子座
它慷慨無私的奉獻
給予我謬誤，不能停止的熱愛

是何種知識之果
甜美豐足
使我不再對匱乏恐懼？

無須夜燈的床被
月光枕著臂膀
收起連身鏡，我就結束
戲仿自己的日子

貼和紙膠帶
再寫一封回信
讓我詢問：

你有不歇的腳踝
炙熱的心
仍為夢疼痛奔波嗎？

二〇二〇年三月十日

動情勿擾忘日一記

樓上夢仔細在繁衍
你別曲解我的霧
故事又重寫，鹿鳴時不算遲
我曾獨臥風穴的草紙

要漂亮措手不及
一沉默便過了安息的日子
讓松子散開記憶或就想錯生活
香水簡單，問題滿載

丁點兒規律陰鬱的雲
回頭縛束。有罪的冬日剪不下微笑

無法抵抗的雀斑上了臉
起伏，心選擇不停的克制自己

二〇一九年十一月二十二日

你像海及其他

雲很厚，你看。
逍遙的海到了傍晚
她美麗的肩頸
負載天空的理想有那麼多
閃亮亮的浪潮
驚動了詩
沉默流過我，但碎裂的
波紋還不是我

快樂是存在。不曾想你
是形式化烙印在胸口的頌詩
可我願意體無完膚呢

為你圍雙手得暖
但可惜：我的本性是山
如此不疑不宜
不移，卻難敵一個
磨皮傷骨的季節——

最後的河流流過我
流過你，你曾悠悠的歌唱
不太介意那些散步
或許是樹葉，集聚的微塵
是我沿途栽植的永恆

二〇二〇年三月二日

與他一齊盜火

總是有一個人
仔細珍藏信仰的種子
適時地微笑
無畏，向你遞過手來

你以為與他一齊盜火是
神話救贖自己，聖者與愚人
僅一步之遙。戴好羊毛呢高帽
繫上傾斜世紀的黑領帶

不得細數的星系光年只是
午寐的三稜鏡，回想起來
似都忘途遠近了

隔日晏起
不知是你或他
說：「我對陌生極感興趣。」
要再探索前進

前進死與生的眉宇
至光未曾照明白過的
惡地形

二〇一八年六月十九日

月光黃

離開沙灘，修辭的說法
我該收起指尖的一千把短刀
你好不好呢？

原諒那隻傘沉默
曾在雨裡喧囂，也原諒
危險塗鴉，牆面埋伏
對你的寫作欲望
原諒我墓誌銘已刻好
又恣意刪加日期和失韻的詩句

我不再伸手觸摸
夜空，匿名的夢裡
狼飲摩卡的星座們
一圈圈，仍自省，似醉還醒
它們能連線成傳說嗎？

獨自走進森林小徑
我羨慕山毛櫸向上的手勢
它在夜深持續祈禱。我願一齊
成為那剪碎的月光黃
此生餘半，永佇於朝聖之路

二〇二〇年三月十四日

為你好看

黑是時間的隕石
灰不是我服輸的灰燼
隱的肉體有時山，綠也蜿蜒

你在我的夢裡睡去
我沒有怯懦，不過小說
已太接近結局

即使切割打磨
我還是不能細膩

燈已殘，選擇是非
是對不是錯，如果不快樂可以
成為
一面鏡子

我只願
為你
好看到這次月圓

二〇二〇年一月五日

輯二

沒有曇花，喧嘩的是我

黃昏，在花園

貓爪：秋末的細靜雲絮
隨梯子伸出手
生鏽的天空藉著光
咬你，疏淡的眉睫在窗外取暖

瘦了，你說
心瘦了的英雄日子與黃昏
還有太多糾纏的餓
思緒的毛線團都來不及
整理乾淨。我還是相信你
冒險緊跟你的夜
來臨不屬於宿命論

那是變奏樂曲，是我離不開
又不能握住的火——

死亡開始在月光裡說話
我們靈魂和星星一起
需求炎熱，在無盡的黑暗裡
持續擾動一座花園

二〇一九年十月四日

草地即景

蒼狗哄笑微光
冬日再勾勒椅子的藝術
隱藏氣味的金銀花

眼神能撫愛，還沒有病
眉頭寫盡勇敢
回憶有害如二手菸癮

我願悔恨的花開
愛你即使下一秒
預知了滿山遍野的遺憾

二〇一九年十二月二十日

春暖，接近祕密或傳說

窗轉動，光的齒輪
果斷地碾壓
一杯奶昔的日子

溫度是羊咀嚼紙信
我懷抱中的湖泊輪廓
日照紫鳶尾，在遠方——

鐵鏽尚未集結於花園
不去照看小草
陽光紛紛，記憶總替我待它們好

你已路上了嗎？往最初的心
前進。白日夢的音符屈膝一躍
留下堅強的泥足印

在那兒春暖，接近祕密或傳說
將清澈的笑聲
一齊塗抹在我沉靜的畫上

二〇二〇年二月七日

微悟

關於活著的這一回事
親愛的，我摯愛一生的敵人
此刻我只能微悟

週間就在花燈的變幻
不斷跳躍過去
一隻隻白兔、綿羊
如同純真的我們
夜晚的大街間隔彼此
又給彼此隱喻世界的機會

即使一觸即碎的古瓷
是我慎重順服的眼睛
裂縫們還像植栽
也有猶豫不決的規矩

與我向上伸展嗎？
對明天或陽光愛
傾吐光陰嘆息或向下深根而去
我要點燃影子
像一朵玫瑰自給自足
也要相信花園仍有良善的土

二〇二〇年四月十七日

怕你不是

我記得冷
燈暗下的一瞬
花園裡盛開的雲

從白天到白天
此刻又明白了什麼

我是怕
你不再是那天氣
如果梔子花開

不去想，時間
是一個有暴力傾向的人

我似乎可以
一次次回到桌前
修補那些聲音，那些——

被風熄了的火
讓我們更靠近一點

二〇二〇年一月一日

它們列隊等著我歸來

渺小的家屋閉上窗眼
偶爾為你長出幾層閣樓
地下室的臺階有時不斷延伸
貪玩使你不能精準辨識
起落的練習琴鍵聲如同不能辨識
日子黑白相間的步伐

你在後頭洗裳洗簾洗著
——褪色的黎明
一切如常：老的動畫片在前頭吵
世界在其他頻道播放懷舊的錄音
只有落下的雨洗滌街道

高樓沒有自信也無需緬懷
如此嶄新、簡潔而寂寞
它們列隊——
等著我歸來
來響應心沉默的節奏

二〇一八年二月八日

一天一天掛住

杪欏水杪欏無風無微雨
不張開雙手。夜貓之眼是我的迂迴
據於碎裂玻璃亮的道路

寫新月昏暗果凍色皺紋的夢
新鬚刺生，玉米絲色的你還需要
多少返家的時間？

吃下過量的魚罐
像旅人之屋，等疑惑繼續長大
家鼠攀爬背負宇宙的行囊竊取失重
臉龐都敷上凝固的雲霧

蠟燭融化香向上攀升時
你不要將明日的煙火想得太艱難

二〇一九年八月十六日

貓樣晨間活動舉例

一邊洗滌黎明的骨骼
一邊學聽法語發音練習

樂聲：活得太久而輕信童話
不如比懷疑要更接近鋼琴

簡易地洗臉回到一般赤裸
撫摸影子，它有漫不經心的迴旋

咖啡之餘白煮蛋，鴿子飛行
陽光爭不過貓掌的撲擊

二〇一九年十二月一日

夜間報告

沒有夢的國度是不理想的，你說。

保護它
如同保護靜默的願望
你從高倍數望遠鏡
看見的水
是冷光
製成的詠嘆調

檢測水質的你
夜夜，丟一枚硬幣
詢問時代的結構性

與過錯，美好開始
或崩解任性的災厄

難讀的雲絮一一浮現

然後，你寫回音
寫深沉的山谷
寫幢幢雨聲時間的沸騰
與瑪法達星象
毋需天使漫不經心的歌唱

神啊！野性的你
也是迫切犧牲的你

今晚的協議是十七夜月
沒有電臺交錯雜訊
又是懸盪樂觀的一天——

報告完畢。

二〇二〇年一月十一日

輯三

沉思錄・傘的牧歌

雨史第三章節

雨是幸福的
結構並不為我們決定什麼事

遲緩生活
卻又抱住光陰

隨即拋棄解答卻又
惦記問題

沒有死生沒有期許不追求意志
沉默想像的眼瞳共享
黑暗與光明

我們以一輩子的距離
說憐憫早晨，有時也說晚安的鼓勵

二〇一九年十一月十五日

六月的指尖

鮮紅的日子，走進花園
落的盡是疼痛的雨
六月的指尖也有時間淅瀝
包裹祕密的禮品，我不能使它
停留在善感的眼裡：
它是如此多愁，客氣且謙虛

我無法辨認哪一片濕透的芭葉
是你伸出顫動的手
我的詩仍無法停止
停止，並成就成一種報答

我為你留下
月光透照的門
願風能撫觸我的肩膀
以不定的夜歌尋求確定
此刻我——

向天空對頻

二〇一八年六月三日

願意志湧現，我仍是我

我能否唸出那段禱詞
即使冬天的入口遍尋不著
陽光照見坑洞，著迷影子
我裝進下一個恍惚天色

不再談論季節
風的迴旋舞，相擁以殘剩的枯刺

不再怨懟雲層
活著，我已活在死中

願意志湧現，我仍是我
水杯從雨中醒來

幾個世紀不停的在窗邊
朗誦自然純粹的歌

我對生命致敬：
縱容，做完夢後再離開

二〇一八年十月十五日

鞋帶那樣敏感

——讀羅于婷詩集《喜歡的話可以試穿》

九重葛枯萎又再開
愛，曬乾，重蹈覆轍的季節
凌亂的時間
把一切扯落，都還給了我

徵兆隱隱發痛
亮度：檸檬綢色
一盞燈憑藉著過往抖擻

鞋帶那樣敏感拉開了我們
即使艱難如明日
可是，可是，阿多尼斯——

這次，我終於能下定決心
成為你
最好的原因
某天
雷聲後
下雨的僥倖

二〇一八年二月七日

嬰兒粉藍色

天空的背景
字母筆畫之間的區域
他們說：
那不重要的
白，透明不是我的回憶

玫瑰雲朵無數
繁盛著，若你抬頭
看而日子敏感：
那絕非我的軀體
我的心，絕非
我仍

動盪不安的靈魂
紙張、塑料瓶
串燒的竹枝曾帶走我們
走遠或趨近的足印帶走
　　　　　　　　剩餘的時間

碼頭持續潮漲
你的離開，容納更多的細雨

世界不過一張缺角舊海報
我獨自閱讀，還沒黃昏
已看見高掛的月的缺口

二〇一九年七月十五日

讀雜有感

碎裂的藍日子，我仍勤奮
練舞讀雜吃全麥麵包戴口罩

沙灘的鞋印紛沓沒有休止符
嗜閱只是等待天空無止盡的時間
像烏燕鷗我不需要退路

如果海的隱藏與前進是用
同一組名字，繡球花沒有比較冷
我不怕旅遊的戳記缺邊模糊
彷彿聽波浪說，由衷地說
它不得已

總有人關心蕾絲二或三的層次
更甚於甜。像黃月的第十七個夜
以及雲的湧動，我如此珍視它們
意旨的無窮無盡無察覺

我又穿上隱士的斗篷
企圖為你們寫最後的一封信
好的，從這裡開始——

二〇一九年六月十七日

一日流星

儀式：誤讀風的唇語
我就該禱告，鑲一圈
冷霧的月暈在夜的鼻子上

死亡還羽翼未豐
棲息在另一個沉默的枝頭
即使它倏地而起

像一日流星
曾經擦過我的眼
不可忘卻它指縫的仁慈

詩是流沙，流沙也是你
為了我從遠方和誰
一同匯聚過來的

蒼鷺的飛行持續
摩擦雨，摩擦季節
像理想虛實交錯

不算太大，雨還沒停的時刻
偶爾想像那些相愛是彈塗魚
暫且不需要換氣

耽溺不是罪，冥想是水
除了薄霧裡的光
我不知道還能確信些什麼？

憂傷的帆張揚
航向空白，踏往清晨
收復夢多的島嶼

我們要像莒哈絲那樣老去
沒有人可以支撐
失去一切：美的救贖

除了你

二〇一九年二月七日

捉迷藏

收著躲著的爪
那荒野裡一隻寂寞的獸
搔撓神祕的耳朵，遠雷——
遙遙在成形我

記得談論暹羅貓時你躊躇滿志
還沒透出星座的故事
大滴小活，墨色雨點點
下墜著下墜。裸足的我
還能歌頌自己的高貴嗎？

若回到暖陽纖瘦的午後
我願在玉米田的小徑躺下

虛線旅行，以一輩子的專注
成為你尋找的：

燈下的書影、賀卡的署名
茶杯留的污漬，或窗外一叢
以野草茁壯的夢境

雨中捉迷藏人在冷風裡
新鮮。你來尋我了嗎？
像排長隊掛號檢查幽僻病症
像過年掃除最細的塵埃
像努力尋一本
沒有書背的線裝初版書

交換立場，盼我能得你
再玩一回不怕彼此的時間太晚

二〇一九年十二月十四日

在生日的隔天

那時，勇敢的獨角獸還沒出現

你記得在斑駁的牆角
不斷地自轉肉體，被日子
一次次幸運地捕獲

當盲目的夜晚睜大它的眼睛
你的靈魂像狹窄的病
一直說愛：悼念前世芳香
終究是埋伏的蝴蝶
你此生美麗的名字

在繭中。讓我們憶起前世的呼吸
想念月牙的毛邊曾透發出微光
逐步修剪自己
層層疊疊的霧霾會散開
離去的人們也會攜帶禮品回來

不要怕。此刻讓我陪你
攜你的手我要生出額頭上的角
拿開滅燭罩
勇敢去啃嚙雪紛落的夢殼
與你走出誘惑
黝黑的島嶼——

突破繭蛹，在生日的隔天
我們一齊迎向嶄新而平凡的早晨

二〇二〇年五月二十八日

回來

一隻隻雨傘
完好的詩意的折損的邏輯的
都從日子再度拿出來
要記得沒有雨
而撐起自由的汗水淚水們

神也沉默的夜裡
還有更黑暗巨大的夢嗎？
我們以為已將信仰穿戴在身上

沒有閒暇的靜，間歇藏在
機場地鐵街道的煙霧裡

藏在煙霧裡的是我們
必須安撫的激動的心

我哭，撫住眼，你不用瓦斯子彈
惆悵的歌，唱的是一場真實悲劇

我們要寬慰自己
是播下種子的農者
即使亂季傷時，良田已不存

自以為發狂的路無他
路猶遙長，我們繼續行——

二〇一九年八月十三日

輯四

遺忘那座牆……

早安，世界

早安，世界
我已從倒影中歸來

完成那些嘆息，豎立好
昨夜星空未曾點起的街燈

走出迷宮
投擲遺憾的松果

我還要努力
成為不被憐憫的愚人

如能不辜負時間
就躺下聽哀豔豔的輓歌

水流啊我想帶走
言辭的祕密

舒展雪色的翅膀
我感謝：存在古老

而缺陷明顯如同
作為一個平凡的人
踩在水窪裡感謝星期天

二〇一九年十一月二十六日

窗的練習

用你湛藍的手
開啟我，即使天空
夢或不寐也要
討好魂靈與軀體——

一片抵達不了的田野

孱弱的朗誦是我練就的功夫
可嘆息沒有翅膀，當你
觸碰我雙肩
不能像天使堅強輕盈地謳歌

緊閉的日子緊閉的
我看你學會瀟灑喝濃酒
一點一滴的雨落
瀏海印著青春的滾：

永遠彎折的眉毛
學會逐次逐次減去了心跳

竊聽：雀鳥的顫慄飛行
雲絮逃脫，寫公園預言的月橘葉
還有教堂鐘奮不顧身的喉音

我們在實踐
一張缺陷的世界地圖
如能靜止下來——

二〇二〇年三月十五日

法式螺旋梯向下
——讀夏宇《第一人稱》

「建築師問哪一種建築會讓人相遇。」

給日子完美的縱剖面
我側臉沒法去看你，左眼
也不願妥協。愛是顫慄
暈眩的詞語是時不時反覆
又透明暗去的星

然而，層層疊疊的標語

牆面不能去除的汙漬
它永遠寫著：「我愛你。」

法式螺旋梯向下
你看見的襪色，對我打信號的
夜燈，宇宙未竟的無窮變化
我都予以否認

二〇一八年十月十七日

夢中飲酒

在燦爛的波光中
遺忘世事，然而我們又從
盛夏的苦雨裡
尋回那些缺憾的月

一枚枯竭掛在左耳上
另一枚凱歌配戴胸前，去做一位
落敗凱歌的盟主齒牙動搖

殘夢中飲酒。話語未盡
雲絮如夏樹，鳥鳴似雪笛
我們仍欣慰

這世界骸骨的眼眶
或許都犯傻了，我是否
能正確地讀新聞報導？

用破碎醉鬧的嘴皮
抓撅昏灰的牆
臺階處處，或許窗口聽誦詩朗朗

即使華燈已殘
即使誰都忘卻歸家的路

二〇一九年十一月二十四日

水：愛的現象學

青春，我曾以為祕密是
一輩子的震撼。然而煙花開散
我們只不過是霧，甜而易膩的歌
遺憾的視覺暫留

進步是錯，封閉是錯
離開旅程規劃人生亦是錯——
錯，是不必懷疑的路
是我們唯一聽見的旋律

我就不懷疑了如在你的手心
像一塊冰的醒覺

可焚燒自己，也能坦然融解
無限擴張自己而不飢餓
我們不去嫉妒一朵雲
如果是水，愛，就不能輕易散去

二〇一八年三月七日

戀棧

淺薄呼吸一口口，時間
咬人的狗。漸層接近輕盈的死

虛弱竟如此強悍
新陳代謝和士力架每日對峙

藥品猶疑神的化身
續寫我清晰的靈魂荒年

黃葉狂野撫觸地面
我著迷日子逐漸醜陋的理由

二〇一九年十月三十一日

倖存

踏進凹陷處
種植滿身泥濘
倖存，神祕未知的獨有——

信念使我長成一隻無懼的犀牛
日日夜夜托缽前行

踏滅處處無明火
每一步的灰燼，思索
我既非謊的戰車
也不該是博物館裡
浮華的珍寶裝設

一世世，次次失
不能停歇。到此為止的禱詞：
天地，我就不該信仰你
反覆無悔給誰留下
一枚永恆追尋的腳印

二〇一九年二月十五日

螢夜行

擁抱香檳色泡影吧
命運恢復：那鏽蝕的月
透顯，我不再是赤裸的雪醉

睡覺前我沒出聲
也不是安靜的患者

祈禱：沒有誰閃爍
哪一顆恆星身著黑衣
會比我先成為
手插口袋的更夫？

火光：欺人奈何
無法失去的是逝去
愁，黃葉，焚去了幾重時間

我堅信
在狹小骯髒的巷弄
走著，我也能善良
卸下一處隱逸的芬芳

再次，我要清新
穿上思想漫漫的霓裳
寧謐的我一縷詩句
在你黃昏的聲音裡
逐步
向逆光走去

二〇二〇年一月七日

輯五

八分之一的線索

我要為你攀登高山

我要為你攀登高山
半生的光陰

用愛鑿地掘土
仿似神跡重現

造一座鬼斧神工的懸崖
同時看顧，防止有人無心走過

左側的大海極藍極深
旋轉的黃昏使我擁有太多沉溺

沒有再問你開花的事，或者說
我要和你一起走

人生不過是歡暢地吹風
沿途看雲好聚好散

記得明天，你要不經意提起登山
我帶殼的日子已經裝備滿載

二〇一七年七月三十日

微溫的早晨

可以編輯
貓樣的日子嗎？
我的童年，或者你

微溫的早晨。沒有
牛奶被成全，可能是窗格
或太陽靜止了所有行人

苦守燉煮十字路口
在牆角，輾轉靈感啊。我所呵護的
兩個星期又三天

一直以為
你也秩序這一切
為了使錯覺成真，我自傷口
汲出最後一根白鬍鬚
點燃，獨自照暖我嚮往的
片片羽毛

二〇二〇年一月九日

凝視

重複演奏的第七小節：
蟻群正專注行進
三千六百隻蟲足的嚴肅密佈

音符惘然的路徑
曲折待考。附點是
遲疑，現身我藍色神經的迴路

神坐在雨的嘆息之間
我還納悶：祂會有負著傷噤聲
祈願，鼓舞自己的敏捷嗎？

赤裸。在寒霧中深呼吸
脫下血泊的戰袍，風擄掠了欲望
可它無暇襲擊我迷路的夢

二〇二〇年三月十六日

窗邊晚餐

月亮已換了漆色
街道給予眼瞳大量的貧乏

橋上的行人堅決走來
如何明白我獨自想像的興致

看穿時刻的印子，誰決定
淋漓珠光的水渠也是沉默的？

夢也不過下一頓晚餐
看你將另一隻螯殼流利拆去

二〇一九年十一月三日

啾

早晨一扇友善的門
你不需要揣摩它的大小

時間跳躍，麻雀是好的重複
一起學習無有恐懼地歌唱

找出一層層清醒的無知
我不能對你說關於明天的事

在挫折的樹下靜坐，我們明白了
許多，例如：人沒有永恆的權柄

二〇一八年七月十二日

無論

閃電和碰傷的蘋果之間
我一念執著，此生就荒廢
千萬里的修行

不寫詩的日子
應該參考腹式呼吸法
慢速度：呼，吸——

我要趕上對你的思想
垂一支
深井的水桶
汲滿整座星空的記載

今天讓你擁護憂傷主義
明天的腐朽都給我：
無論夢勵志的抄寫作業
我已成了灰雲色的印度象

二〇二〇年一月十四日

暗橄欖綠色

我不想改變什麼
如果髮絲漂浮，它的憂愁
黑暗不屬於我的小船

鏡子裡的人
坐著寫詩說話
我願意聆聽
失去左耳的人

想把一粒星辰
寫成一朵海底未開的珊瑚花

散落的指甲片沒有
延伸志向，走向氤氳的橄欖樹群

夢裡它會懂我
還沒說出的謊

二〇一九年七月十一日

撫人

渾沌的黑暗，如果意志
毀壞不是我，冥想仍神色自若——
你要知道
那是畏懼美的隱藏
（如果黎明還要感傷
　你還前進）
煥然，一把理解的火炬，一盞
沾惹塵世的燈，讓我偷偷遞給你

（我不停思索，如何穿透
危牆重重，你如何觸及
半空的懸星花
還能全身而退？）

口袋裡有我的忠誠
微弱不滅的光，為下一個你
安撫著它的叫嚷不急著

醒

二〇一八年四月十七日

沒有過去的男人

他獨自看阿基．考里斯馬基
慢慢小酌空氣
善意豐盛的下午就生醉了

讀翻譯字幕如同讀詩需要專注
的醒。不經意略過
北歐的積雪就過分厚了

在那條和情人相遇的防火巷
他已預約好雙人舞蹈
積了塵，剩下幾件錯誤
　還沒熄滅自己

風信子弭平憂傷。泰爾紫的微笑
深深淺淺，沿陽臺深刻的陰影走進
繡在他幻夢未絕的胸口

取走鞋與名字，他的復生——
愛。心疼，跋涉才說好開始

二〇二〇年三月十二日

輯六 如果你不是童話

石頭記

與植物雄辯
或耽溺另一顆
紋彩相異的石頭

讓我們一起鐫刻
夜半的顏色
亮岩或礦紫
在其中窺見彼此
難抵雪髒的命運

是我太過年輕
信仰不穩

才剛從
迂緩寡情的河流離開

遞上苦
奢侈的盲目
一顆顆滾動不居的夢
不如我們
約好上岸

去過
恃才傲物的一生

二〇二〇年四月十二日

香檳黃

風吹，那波浪酷似我們
疑惑不決的髮絲
愛在公園的角落翻湧，延伸教堂
沉穩的鐘聲

動與靜的天際線——

你看見那些嗎？陽光之下
睡睡醒醒的黃花風鈴木還是快樂
我喜歡那一片不該讀盡的三月

杜斯妥也夫斯基的死亡
還沒有開始
疤痕累累，我們應該繼續重疊
盡興的原諒。飲茶時光或者

新散步舊奔跑，等待破的路燈
恢復落葉小徑音韻的紛呈

透明。希望你記得謬斯已經降臨
我想著噴泉的潔澄，如果同心圓
是我們不需要翻譯就好了

二〇二〇年三月十七日

給小王子

如果你給我名字
眉眼以金礦來刻私
是日是月，我願醒來
醒在光線永恆友善的床單

捂住心頭，如果我還有心
我歸屬廢墟沉默是完整的身體
流星無關歷史它在天空
為我書寫謎樣的啟示

祈禱：我聽見愛的這句話
能使腐敗歌唱，乾涸的風中

有柔軟像雪的青春
自最深處的沙漠海中昇起

我要成為你的玫瑰
荒野星球裡你會聽見
　花開的聲音——

二〇一九年十月二十二日

勇敢的提燈人

是愛火的習慣假如愛上豔陽
夜裡誰又會知，我反覆鍛鍊雙臂
有一天我將成為勇敢的提燈人

讓暗中濃郁的影子重疊
讓舊鞋重新攀爬階梯
讓故里的歌詞都譜上熱燙燙的新曲

重新排列路徑
歡迎每一刻我曾錯過的我

二〇一七年一月八日

那些沒有發生的事

趾尖啞默的黑呀
是我們曾抓撅流星的尾巴
漫長的鏽蝕的聲響
沒有誰再阻止：說夢
說軌道已經偏移

果陀未來的夜深
雨也老了這麼多輩子
我們單薄的笑
同於棉質的盼望
柔軟，還幻想日光的權利
把冬天放進口袋

我們應該顧不得危險
為自身的不潔
奔跑起來
只留下
陰鬱的眼睛暖和

剛好雨停
三色堇在水漥裡綻開
缺乏你的冬天
就要漏出了

二〇一九年十月十一日

貓咪和巧克力果醬

沒有九州的暴雨
沒有路過草莓生乳酪
不是詩的牧草性生活
心是曠達優點
靈魂仍英雄主義

我的過敏體質
或輕或重，同時寫那麼多種題本
我主觀的左手指還習慣
宿在霧中疊在雨聲中
沒有封閉式問卷

把三週的藥一次領完
再告解醫生：
我決定當個合作的人
不再假寐來來去去
決定走出哀傷的森林

將陽光捲進舌尖
不對天空敘說
我和貓咪和巧克力果醬的問題

二〇一九年十二月六日

不只是新年快樂

當我的指縫滿汙泥土
奉行幸運草主義
承認是好的

週二的傍晚嚮往月亮
額頭接近瘡口
滿佈綿羊雲的天空

我要給雨，也給過去的彩虹
讓微風混搭滿城淡紫色的鐘聲
使路過的男孩女孩成為氧氣

是重生證據，那一瞬間
我看見自己的影
獨自吞嚥散落的薏麥籽
營養已化入細緻美的關注裡

設想愉快重複的開始
充實的終結
一天，我等著你來
為你奉獻莓果般的營養生活

二〇一九年十二月二十四日

憂傷哪裡的星期二

憂傷哪裡的星期二
電影，風才是不管名稱
是我宿命論的旅人

水波皺紋了時間
髮白的落羽松沉浸在
在擁抱裡，啊黃昏的戀人

沼澤是秘魯日曬色
反覆覺醒的病。呼吸，同時年輕
又衰老，透顯夢的弧形

給我天色埋藏的藍鯨齒骨
它曾是我某一世
不能割捨的慾望肉體

此生還要寫殘廢軟殼
耽溺的蟹足跡，原來：
那些擱淺的單字群湧自幻覺深處

你有沙一般的記憶粗糙
那更小更細微的質感
持續被分割

成印記。真的，我不眷戀你
再見的手勢了

再見。

二〇二〇年四月十九日

撕開薄磅的日子，你總是在笑

……見不著它存在
究竟是不能估量
抑或無有好的作用？

我們必然選擇
游移的美好詮釋，選擇
可以大量蒐集、稱重或置換
約略屬於名片的質地：
西裝筆挺的人啊
翩翩翻閱了辭典，反覆咀嚼那句型
使自己無庸置疑那
一種濫調也可以是警世真理

它還在那嗎？雨聲太大
沒有人耳朵接聽的話……

起皺的我們必先為
自己的粗鄙尋求庇護，必須為自己
站起身，打一通如願以償的電話
給天國飄蕩久已失聯的母親。
在徒步回家前
全科補習，疲倦的海關人員
終究也發還滿分考卷：流亡者啊
堆疊虛妄理想的厚度，我們都得在異鄉長大

月桂樹自開自落，勿再問
下一個花季。夢的森林
塌陷後再次生長……

撕開薄磅的日子，你總是在笑
畢竟白色單光紙的天空
無關乎永恆
即使教堂鐘聲挫敗、颱風更名
不能細數的雷電也等著，佝僂著雨
——全世界只剩你這脊梁還挺著
我聽你的笑融入了那場雨
反覆掃除屋子裡突然湧現的寂靜

二〇一八年八月二十五日

輯七

與時光為敵

解題

落髮為行，以骨為筆
讓金盞花貼情菖蒲寫意
我們要回歸初衷
完成歲月與命和善的複寫本

不再尋找長廊
天意無可避免，手牽手
我們又走到巴別塔的盡頭

這魔幻時刻沒有手機鈴聲
響起嗎？難道，懷疑的減字

減字完整的謎是恆久澎湃
湧起的銀河是自欺？

築空氣的毒與新鮮
夢可是壞人，叨唸他，對擊他
夜深計算沉默的行路者

再聽你說些難解的是非題
我來填答。下一刻，輕盈雨的空格
最後，是不是全都落到
大大小小的測量器

二〇一九年十二月二日

舊蕾絲色

我願意奉獻
純淨，命運的蒼狗
任你驅動

站在道路的盡頭
先不動聲色
憑雨聽鈴
攬收縫隙的風

還要提醒
一陣陣
木質地的雷

是心
也是我的複誦咒

咳。不忍
網一片
晴朗未了的天空

二〇一九年十一月二十七日

He

在信中，我們目睹了一切：

神祕的春天又要過去了
潛行夢的旅者們
沒有人說出杏花樹的下落

集體蜉蝣的日子
缺乏神聖感，不再傷心
如何應許他孤獨的自省？

風吹，猶如深林中一次次
命運誤解的槍響。來，我們走向前

為了憂傷，為了補償詩人的耳朵——
沉思：向日葵是頑強的巨石
飽滿的油彩中，花瓣是永恆的使徒
為我們的貧窮秤出陽光的體重

二〇二〇年三月三日

理想的旅行

沒有人在島上偽裝
如果羞恥的靴子
爬出了書，也離開交通規則
不再有屬於
暴風雨的苦難

時光攔阻小木屋
窗臺的麝香草
一點一點，輕快帶走雲
和我們理想的旅行

聽碎裂的藍浪
一路咬著公路海岸
若靈魂不再遺忘
間隔複述著棕櫚樹和珊瑚礁
擴張版圖的靜

親愛的，我們就靜待
岩洞與天空的未來
霧中有一艘迎著我們影子的船
那知道自省的旅人
也越過現實虛弱的鐘聲——

或許，你還記得
上帝在那貝殼小鋪裡選紀念物
祂蒙住自己的半臉
與我交換零錢和明信片

才剛離開旅店的上帝
雙眼明媚，臉頰是春天透光的沙漏
我們用兩顆跳動的心
祝祂旅途一路順遂

二〇二〇年四月三日

勸

陽光扭動似蠕蟲，是我幽靈的背
迷宮一條條編織交錯的霧
我在這困死走至少二十萬餘步
有了石頭有了蜈蚣還有不知何時
積聚的草灑下的煙花怎麼說

我想，是你為花撲了火
灰燼死去的一半就屬我沉默
持續擾動；留孤獨的影子捉迷藏
去聽散落的神諭。誰的甦醒
還能有光明雪不落？

孩子們赤裸裸的傲聲不斷
欣喜的在樂園外排隊，我只能
勸自己：不再尋迷霧摟住身軀取暖

恭敬攤開《聖經》讀一回救贖
寫一面耶穌即使
祂是我不能詮解的陽光

二〇一九年十一月二十三日

我推論布雷克

難道我不是
你一樣的蠅嗎？
你也是
我一樣的人嗎？

——布雷克〈蠅〉

我靜愛墓園的蒼海綠
舊鏽銅欄杆的趣味
一縷煙的孤獨輕盈向上
黃昏之後，多髯的臨在正歸檔
祂毫不掩飾記憶是永恆

原諒我體會的手太冷
像一支乾枯指向天際的蒺藜

欲與黑夜一起平躺下來
素樸的水聲殘留：

當我們摘月色花時
掌中細密的傷痕也在喧嘩

誰還需要敏感？但我推論
布雷克與我們需要的觸碰不同
是否天堂晚啟了大門
愛瑟瑞爾的翅膀褪色還裂開嗎？

不是晚宴取消飄雪的鐘聲
是人們孕育的憂傷
專注在星空下引火
嘆息的髮絲，總一天天
隨風飄散開來

二〇二〇年一月二十五日

我相信徒勞的紙張

給彼此的傻，勇氣
以渺小的詩句一次次讀出
直到世界抹去我們的名字

每一吋肌膚
都是有希望的窗，我說
相信徒勞的紙張已開始寫
寫上軀體細緻的祕密

相信好的壞的日子們
在死前繼續，變動不居
如同季節再次為盆栽重新順序

那些曇花一現的語言
黯淡了，素樸的葉子仍毫髮無傷
我們不視它為障礙

人生盲目生長
蜷曲手臂，時間流啊，此刻寫作
我能隱藏在有神的喜悅裡

二〇二〇年一月二十九日

春天過去之前

火花的孩子們
一顆顆，回憶的病疣嬉鬧突起

迎風，向薄情的我舉證歷歷
星期一是冷峻之森——

過失的果實。泥濘裡
癲狂，你偏愛的還剩下幾顆呢？

翩翩起舞連身帽
它也知道我倦睏的頻率

平衡世界的夜，就算還沒雕像
大理石，我的睡眠也
　　　　　不足以歌頌春天

尾巴化作煙藍色鴿子飛去吧
寫信，原來是我未夠信

深深淺淺的字跡安排來年
花的開落，濕透的旋律在彈撥之中

咳鬧的夜。你聽我的鬱解
那次間斷旅行
我留下了巴掌大的世界

願望在墨色裡走動，寫給你的
唉，談不上風和日麗的初心

二〇二〇年四月十六日

篤定

敲下磚，我以碎的思維
新造一張網

空洞與縛綁，情侶的距離
快並不快樂的線軸轉速。
落下——

愛的機率
我此生警惕著
風驟風歇，單方面設計的雙人舞

一切停止之前
我以為自己已穿越了籬笆
我以為在你眼裡已
祕密種下
不凋的白山茶

二〇一九年六月四日

後記

記得陽光燦爛的日子

歉疚與悔恨，不過像是一張張單薄的衛生紙，乍暖還寒時過敏擤鼻子之後丟棄，累積起來卻沒有足夠的重量。關於生活，我可以不寫日記不寫詩不追劇不運動，不對睡眠與夢貪得無厭，只愛說謊。讀過量反覆的勵志書籍，默念裡頭早已明白的道理。思想著自己和載浮載沉的悠悠大眾，如何能實踐嶄新的自我？如何能超脫人世情愛的羈絆呢？

梵谷說：「一切我所向著自然創作的，是栗子，從火中取出來的。啊，那些不信仰太陽的人是背棄了神的人。」這一天陽光明媚的日子，我對自己俗務身分的怠惰耿耿於懷，但這一切究竟有什麼用呢？

我說。我說。搭捷運上班，改聯絡簿，上課下課，吃普通味營養午餐。搭捷運下班，洗澡，檢查小孩作業，晾完濕衣服摺乾衣服，丟垃圾包資源回收，不再說睡前故事。編織一天天的絲線，相同長度，類似的色階，只是逐漸變淡。

寫字的人已經拿玻璃瓶，裝一顆水滴做成的心，盡量不去晃動它，平衡走過崎嶇小路。彎進窄巷，踏上微顫顫的鋼索，小心翼翼地穿行陌生路人錯落交雜的背影。一天將盡的時刻，我能把它交給誰？

即使每天走相同的路，思緒也無法停留在原處。修煉此生，無法半途而廢，我卻想方設法不時尋覓錯誤的出口。

原本以為自己只是走在孤獨的小路，結果許多同行的詩者，將潔淨的水與毛巾遞了過來。要我堅持下去，享受它。「孤獨不等於孤單，接下來會更好的。」他們那樣無私一次次地說著，微小而實在的幸福，我收藏進自己的心，並試著將這些善意再次坦露，甚至找到機會奉獻出去。

不知道什麼時候會碎掉，但我此刻還不能把如此精緻的水瓶還諸天地。它閃耀時多麼美，我知道。即使此刻它的美，你還不明白。

我知道這的確是奢望。

但如果你能明白的話，那該有多好。

二〇二二年八月十八日

附錄

作品發表紀錄

二〇一七年

勇敢的提燈人　《文創達人誌》第八十一期，第一三〇頁

我要為你攀登高山　《文創達人誌》第八十一期，第一二九頁

二〇一八年

與他一齊盜火（烈焰之語）　《新大陸詩刊》第一七七期，第二十九頁

撕開薄磅的日子，你總是在笑　《掌門詩學》第七十六期，第一三八頁

六月的指尖　《台灣好報》西子灣副刊，二〇一九年五月十四日

它們列隊等著我歸來（歸人）　《金門日報》副刊，二〇一九年五月三十日

願意志湧現，我仍是我（落葉）　《台灣好報》西子灣副刊，二〇一九年十二月六日

鞋帶那樣敏感　《掌門詩學》第七十七期，第二〇一頁

法式螺旋梯向下　《新大陸詩刊》第一七四期，第八頁

水：愛的現象學　《文創達人誌》第九十期，第十九頁

啾　《葡萄園詩刊》第二二八期，第一一七頁

撫人　《台客詩刊》第二十一期，第八十六頁

二〇一九年

作品	發表刊物
春天仍然是那隻兔子（我願）	《新大陸詩刊》第一七六期，第十頁
動情勿擾忘日一記	《秋水詩刊》第一八三期，第八十四頁
黃昏，在花園（靠近）	《乾坤詩刊》第九十四期，第七十四頁
草地即景	《創世紀詩雜誌》第二〇二期，第四十七頁
一天一天掛住	《新大陸詩刊》第一七九期，第十七頁
貓樣晨間活動舉例	《野薑花詩刊》第三十四期，第二十五頁
貓咪和巧克力果醬（三週的藥）	《野薑花詩刊》第三十四期，第二十六頁
不只是新年快樂	《葡萄園詩刊》第二二六期，第七〇頁
雨史第三章節	《更生日報》副刊，二〇二〇年五月三日
一日流星（房間）	《野薑花詩刊》第三十六期，第九十七頁
嬰兒粉藍色	《吹鼓吹詩論壇》四十一號：告別練習，第一三〇頁
讀雜有感	《葡萄園詩刊》第二二六期，第七〇頁
回來	《台客詩刊》第二十期，第六十頁
給小王子	《文創達人誌》第九十期，第十七頁
那些沒有發生的事	《葡萄園詩刊》第二二五期，第七十八頁
早安，世界	《世界日報》副刊，二〇二〇年二月十日
夢中飲酒	《葡萄園詩刊》第二二九期，第三十七頁
戀棧	《葡萄園詩刊》第二二八期，第一一七頁
倖存	《文創達人誌》第七十三期，第九十八頁
窗邊晚餐	《葡萄園詩刊》第二三一期，第一三一頁

解題	《聯合報》副刊，二〇二〇年七月十三日
解題	《世界日報》副刊，二〇二〇年八月二十日
舊蕾絲色	《秋水詩刊》第一八三期，第八十三頁
暗橄欖綠色	《吹鼓吹詩論壇》四十一號：告別練習，第一二九頁
勸	《創世紀詩雜誌》第二〇二期，第九十三頁
篤定	《葡萄園詩刊》第二二五期，第七十八頁

二〇二〇年

結束戲仿的日子（粃穀）	《創世紀詩雜誌》第二〇六期，第一六〇頁
你像海及其他	《秋水詩刊》第一八四期，第七十八頁
我來自雨的躊躇（魔幻時刻）	《聯合報》副刊，二〇二一年四月三十日
我的心揣著一顆橡實（你在）	《人間福報》副刊，二〇二〇年五月十四日
石頭記	《中華日報》副刊，二〇二〇年三月三十一日
憂傷哪裡的星期二（哪裡）	《新大陸詩刊》第一八一期，第二十四頁
月光黃	《更生日報》副刊，二〇二一年二月廿一日
為你好看	《野薑花詩刊》第三十四期，第二十六頁
春暖，接近祕密或傳說（病的況味）	《新大陸詩刊》第一七七期，第二十九頁
微悟	《野薑花詩刊》第三十九期，第一一五頁
怕你不是	《葡萄園詩刊》第二二九期，第三十六頁
夜間報告	《乾坤詩刊》第九十七期，第八十八頁
香檳黃	《創世紀詩雜誌》第二〇六期，第一六〇頁

在生日的隔天　《文創達人誌》第九十期，第十六頁
螢夜行　《創世紀詩雜誌》第二〇六期，第一六〇頁
微溫的早晨　《文創達人誌》第九十期，第十六頁
窗的練習　《野薑花詩刊》第三十四期，第二十八頁
沒有過去的男人　《野薑花詩刊》第三十四期，第二十五頁
He　《文創達人誌》第九十期，第十八頁
凝視　《自由時報》副刊，二〇二〇年八月三日
理想的旅行　《野薑花詩刊》第三十五期，第九十九頁
我推論布雷克　《野薑花詩刊》第三十四期，第二十七頁
我相信徒勞的紙張　《文訊》第四二一期，第九十七頁
春天過去之前　《野薑花詩刊》第三十九期，第一一四頁

讀詩人159　PG2848

搖籃曲和雨的包裹

作　　者	陳威宏
責任編輯	陳彥儒
圖文排版	陳彥妏
封面設計	王嵩賀
出版策劃	釀出版
製作發行	秀威資訊科技股份有限公司 114 台北市內湖區瑞光路76巷65號1樓 電話：+886-2-2796-3638　傳真：+886-2-2796-1377 服務信箱：service@showwe.com.tw http://www.showwe.com.tw
郵政劃撥	19563868　戶名：秀威資訊科技股份有限公司
展售門市	國家書店【松江門市】 104 台北市中山區松江路209號1樓 電話：+886-2-2518-0207　傳真：+886-2-2518-0778
網路訂購	秀威網路書店：https://store.showwe.tw 國家網路書店：https://www.govbooks.com.tw
法律顧問	毛國樑　律師
總 經 銷	聯合發行股份有限公司 231新北市新店區寶橋路235巷6弄6號4F 電話：+886-2-2917-8022　傳真：+886-2-2915-6275
出版日期	2022年12月　BOD一版
定　　價	280元

讀者回函卡

Printed in Taiwan

國家圖書館出版品預行編目

搖籃曲和雨的包裹 / 陳威宏作. -- 一版. -- 臺北市 :
醸出版, 2022.12
面 ; 公分. -- (讀詩人 ; 159)
BOD版
ISBN 978-986-445-752-6(平裝)

863.51 111019308